AF318440

LA VOIX DE LA POSTÉRITÉ.

LA VOIX
DE LA POSTÉRITÉ,

SUIVIE DE

MES DERNIÈRES POÉSIES,

PAR

F.-S. DU GRAVIER,

(de Mouhet),

Auteur de *Simples Poésies*, etc.

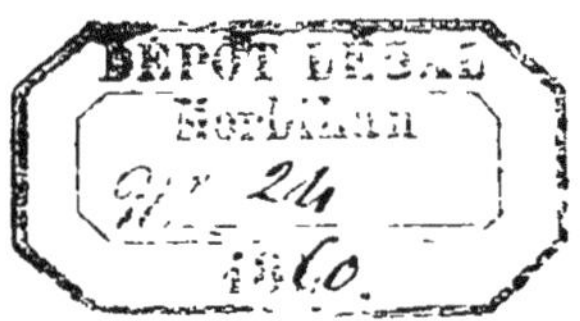

A PLOERMEL,

CHEZ L'AUTEUR, IMPRIMEUR-LIBRAIRE.

1860.

A Mr LE Cte B. DE BLIGNY.

Monsieur le comte,

Vous avez remarqué mes premières poésies et m'en avez dit des choses qui montrent bien toute la bonté et toute la délicatesse de vos sentiments. Je sais que votre extrême indulgence a dû influencer votre opinion sur ces pièces; mais je sais aussi que votre loyauté ne vous eut point permis de les louer, si elles n'avaient pas touché votre cœur. Je suis fier de votre suffrage : votre beau talent de poète et d'écrivain lui donne à mes yeux un prix inestimable. Vous l'avoucrai-je, vous m'avez donné quelque confiance en moi-même, et je résolus dès-lors de me livrer à de nouvelles compositions, dans le dessein de vous

en faire hommage, désirant par là vous mar-
quer l'estime profonde que j'ai pour votre noble caractère. Daignez donc accepter ce petit
recueil offert par la reconnaissance. Je ne
vous dirai rien de ces nouvelles poésies; je
les ai composées avec le même amour de la
vérité qui m'a toujours dirigé. Si ces pièces
vous agréent, elles auront rempli le but que
je me propose en les imprimant.

Je suis avec respect,

Monsieur le Comte,

Votre très-humble et dévoué serviteur,

F.-S. DU GRAVIER.

LA VOIX DE LA POSTÉRITÉ.

————

Un jour nos descendants, sur l'époque présente,
Porteront cet arrêt : Après mil huit cent trente,
Par suite du conflit où tout le monde eut tort,
On vit naître chez nous le culte du Veau-d'or.
Pendant près de vingt ans, sous sa triste influence,
L'ambition, le luxe, une extrême licence,
Et le vol éhonté, du mensonge suivi,
L'égoïsme envieux et jamais assouvi,
Tous les vices enfin se donnèrent carrière
Et mirent ce pays en l'affreuse misère.

L'on vit dans ce chaos la singularité,
Le burlesque s'unir à la perversité.
Il se passa des faits qu'à peine l'on peut croire :
Citons de Saint-Simon la secte pour mémoire.
Fourrier veut ennoblir toutes les passions;
Il place la vertu parmi les fictions;

A

Elle eut cours autrefois, mais l'époque nouvelle
Vraiment n'a nul besoin de cette bagatelle.
Des systêmes sans nombre éclosent chaque jour;
Il n'est rien de si plat qui ne règne à son tour,
Et l'on voit succéder au fameux fourriérisme
Les rêves de Cabet, père du communisme.

On eut des écrivains d'un genre tout nouveau :
L'un dit effrontément que l'affreux est le beau ;
L'autre met tous ses soins à refaire l'histoire ;
Il veut prouver surtout que ceux dont la mémoire
Fut un objet constant d'horreur ou de mépris,
Furent les vrais héros, de leur temps incompris.
Tout s'explique à présent, la vérité commence ;
Et, pour le dire enfin, ce fut la providence
Qui provoqua le crime et le fit naître exprès
Pour engrener la loi qu'il nomme du progrès.

Dans le nombre infini de romans, de nouvelles
Qui sortent chaque jour des plus pauvres cervelles,
Le lecteur abusé cherche bien vainement
Quelques traits, quelqu'esprit, l'ombre d'un sentiment ;
Il ne trouve partout, dans sa froide lecture,
Que l'attrait des grandeurs, de l'argent, pour pâture.
La morale en ceci, c'est que tout homme a tort
S'il ne sait par ses vols se faire un coffre fort.

Le théâtre qui fut de la France une gloire
Devient digne en tout point des tréteaux de la foire.
Il n'est plus pour les mœurs un noble enseignement,
Ni pour les gens d'esprit un doux délassement ;
C'est un champ de carnage, un antre, une caverne
Où le crime rugit, où le vice gouverne.
On vient là s'inspirer de tous les noirs forfaits
Et repaître ses yeux des plus hideux portraits.
Ajoutez à cela des peintures lubriques,
De quelque grand mangeur tous les haut-faits bachiques,
Un style entortillé, de lieux-communs farci,
Vous aurez de ce temps tout l'art en racourci.

La musique qui doit, en pénétrant notre âme,
Allumer je ne sais quelle enivrante flamme
Qui fait monter au cœur de saints ravissements
Et vient nous révéler les plus doux sentiments ;
La musique, le chant, cet art qui fut naguère
Porté si haut chez nous, pâlit et dégénère :
On ne voit plus surgir que de fades chansons,
Des airs à l'avenant chantés sur tous les tons,
Ou plutôt peu chantés, car le public, en somme,
Se détache bientôt de tout ce qui l'assomme.

Entre les nobles arts, il en est un surtout
Qui ne peut se passer des sages lois du goût :

Pour charmer notre cœur, la divine peinture
Ne doit pas seulement imiter la nature,
Produire aux yeux surpris de ravissants effets
D'ombre et de demi-jour, de clairs et de reflets,
Il faut qu'en ses dessins une pensée intime,
Simple d'expression, mais s'il se peut sublime,
Frappe au premier coup d'œil, anime le tableau
Et donne au spectateur le sentiment du beau.
Que fit-on, cependant, dùrant ces jours si tristes?
Quel chef-d'œuvre sortit des mains de nos artistes?
On fit pour nos Crésus de splendides portraits,
On peignit le présent, le veau-d'or, traits pour traits.
L'artiste fit de l'art comme l'auteur un livre,
Pour gagner de l'argent ou seulement pour vivre;
Fatalement placé dans ces conditions,
Au lieu d'œuvre il créa des *illustrations...*

Les beaux-arts en perdant toute prépondérance,
Sur l'éducation n'eurent plus d'influence.
La jeunesse dès-lors, sans noble ambition,
Des intérêts grossiers savoura le poison.
Nul ne s'inspira plus des pensers de la gloire;
A la sainte amitié nul ne voulut plus croire.
Dans nos cités, nos bourgs, on vit l'adolescent
Intriguer, s'avilir pour gagner de l'argent,

Fouler aux pieds le droit, mépriser la franchise,
Et faire de son cœur négoce et marchandise...
Les fleurs de son printemps se fânent de sa main ;
Qu'importe, il sera riche, il fera son chemin!..

Tous les mauvais instincts du matérialisme
Se trouvent soutenus par un sot journalisme :
Il outrage à plaisir le plus simple bon sens
Et pour tout ce qui luit brûle un impur encens.
Si quelque forcené fait un trou dans la lune
Et par ce beau moyen arrive à la fortune,
Le journalisme dit : Encore un de sauvé!
Et vive le progrès!.. C'est, ma foi, bien trouvé.
Si quelque industriel modifie une botte,
S'il invente un bouton de guêtre ou de culotte,
La réclame bien vîte entonne son refrain :
Où t'arrêteras-tu, dis-le, progrès humain!
Si quelque maître sot, de l'ordre de finance,
Se montre tout bouffi d'orgueil et d'insolence,
S'il est plus fier cent fois que ne fut un seigneur,
S'il traite l'ouvrier du haut de sa grandeur,
Le journalisme alors bêtement balbutie
Que c'est là le progrès dans la démocratie...
Mais voici qui vaut mieux : on lut dans un journal
Qu'il est indifférent de penser bien ou mal ;

Que le beau de l'affaire est de se mettre en veine,
Qu'il faut penser enfin jusques à perdre haleine...

Cependant les journaux prirent un tel essor,
Le goût pour ces écrits devint chez nous si fort,
Qu'en assez peu de temps ils furent en France,
A côté du pouvoir, comme une autre puissance.
De tous les intérêts ils se dirent chargés,
Et dans tous les partis on les vit engagés...
Discutant chaque jour de folles théories,
Dans le champ de l'esprit semant les utopies,
Ils activent le feu des sottes vanités
Et des vices du temps font des divinités.

Enfin loin d'éclairer l'opinion publique,
D'unir tous les esprits dans une cause unique,
Celle des lois, du droit, de la saine raison ;
De l'envie et du mal distillant le poison,
Sans principes, sans frein, l'on vit le journalisme
Pousser aveuglément à quelque cataclysme...

Tant d'excès dans les faits, tant d'erreurs au moral
Produisirent bientôt un état anormal.
Comme le flot grossi sur le rivage monte,
De même on vit monter la misère et la honte.
Le découragement s'empara des esprits ;
Pour un pouvoir impur on n'eut que du mépris.

Quelques meurtres affreux, des désordres sans nombre
Sur le pays entier jetèrent comme une ombre.
Dans ce moment fatal on vit des orateurs
De l'opposit'on, et des conservateurs,
Parcourir nos cités dans un. aveugle zèle
Et d'un vaste incendie allumer l'étincelle...

Enfin quarante-huit, au mois de février,
Vit éclater soudain cet immense brasier
Qui pouvait dévorer tout le sein de la France
Et qui marqua son front du sceau de la souffrance.
On se battit trois jours : que de sang répandu,
Que d'affreuses douleurs pour un mal-entendu!
On s'égorgea trois jours; la bataille fatale
De cadavres sanglants couvrit la capitale.
Orateurs insensés, gens de tous les partis,
Considérez l'état où vous mettez Paris !
Que vous avaient-ils fait, ces citoyens, ces frères,
Que vous avaient-ils fait, ces braves militaires,
Que je vois dans le sang pêle-mêle étendus?
Que vous avaient-ils fait, ces vieillards éperdus
Cherchant à reconnaître au sein de la poussière
Celui-là son enfant et cet autre son frère?
Ah! quelle anxiété, quel affreux désespoir
Règnent dès à présent et vont doubler ce soir,

Si dans chaque demeure, où l'espoir encor brille,
L'époux ne revient point au sein de sa famille!
Voyez-vous cette épouse et ces enfants en pleurs,
Dans les convulsions d'indicibles douleurs,
Redemandant au ciel l'époux aimé, le père,
Et perdant tout à coup l'espérance dernière,
Se déchirer le sein, s'arracher les cheveux,
Elever tout flétris leurs regards vers les cieux?
Qui pourrait exprimer la somme de misère
Qui va dans quelques jours couvrir la France entière?
Que de déchirements, que de pleurs en tout lieu
Qui ne seront hélas, entendus que de Dieu!
Quel abîme de maux, quelle affreuse détresse
Pour tous ceux qui n'avaient pour bien que leur tendresse,
L'amour de leurs enfants chaque jour attendus,
Et que grâces à vous ils ne reverront plus!..

Un pouvoir insensé, qu'un jour le sang fit naître,
Par l'émeute et le sang vient donc de disparaître...
De noires trahisons ce pouvoir fut le prix;
Il devait tôt ou tard tomber par le mépris.
Rien de stable et d'heureux sur le mal ne se fonde;
La vertu seule enfin donne la paix au monde.
Mais la vertu se plaît dans la simplicité;
Elle aime la candeur, la médiocrité.

Cet état est le seul qui puisse à tous s'étendre ;
Il suffit au bonheur, il faut sans cesse y tendre ;
Et c'est là le progrès, c'est là la vérité ;
Tout le reste est erreur ou bien duplicité.
Les sots ont pu seuls dire et répéter sans cesse,
Avec les charlatants, qu'ici-bas tout progresse.
L'homme qui sait aimer a plus que la raison ;
Il est, on peut le dire, en sa perfection.
Le beau, le vrai, le bien ont leur juste mesure
Qu'on ne peut dépasser sans fausser leur nature.
Le progrès continu fut un rêve inventé
Par quelque froid rhéteur à l'esprit éventé.
Malgré l'éclat de l'or, des grandeurs enivrantes,
Le prestige imposant d'études décevantes,
Il est certain que l'homme en soi n'a de valeur
Que par les sentiments qui naissent dans son cœur.
Ces faits étant certains, insensés que nous sommes,
Pourquoi par nos écrits tromper la foi des hommes,
Inventer chaque jour des systèmes nouveaux,
De folles visions enivrer les cerveaux,
Briser le peu d'instinct de raison, de droiture
Que chaque individu reçut de la nature?
Ah! renonçons enfin à ces fruits de l'orgueil,
Car ils sont pour les mœurs un éternel écueil!
Attachons-nous plutôt à suivre la sagesse,
Et que chacun de nous la pratique sans cesse.

B

Pour enseigner le bien il faut des actions ;
Des discours sans effets sont de vaines leçons.
Voilà ce que toujours la prudence nous crie,
Voilà le vrai moyen de servir la patrie.

Il s'élève soudain de bruyantes clameurs ;
Ceux qui restent de bout se proclament vainqueurs.
On s'assemble au sénat : en séance publique,
On déclare bien haut qu'on veut la république.
On la fonde et pourtant nul n'y peut avoir foi ;
Mais on feint d'espérer que tout ira de soi.
On désigne aussitôt, ou plutôt on acclame
Les membres du pouvoir que le moment réclame.
Ce sont en général de bien habiles gens,
Orateurs renommés, écrivains éminents ;
Ce sont les dieux du jour, les hommes nécessaires :
Que ne les chargeait-on plus tôt de nos affaires ?
Voila ce qu'on se dit, et l'on ne comprend pas
De ces pauvres élus le cruel embarras.
C'est qu'il est plus aisé d'écrire en vers lyriques
Que de conduire à bien les affaires publiques ;
On peut être, après tout, un habile avocat
Et manquer du talent qui fait l'homme d'état ;
On peut être érudit, et même philosophe,
Briller à la tribune où règne l'apostrophe,

S'y montrer sous les traits d'un rigide tribun ,
Puis , tenant le pouvoir, manquer du sens-commun.
C'est là ce que cent fois nous a prouvé l'histoire.
A ses enseignements les gens ne peuvent croire ;
Ils ne peuvent comprendre, en leur vide cerveau ,
Que tout ce qui se vit se verra de nouveau ;
Que le bonheur du peuple en rien ne s'improvise,
Et que d'ailleurs ses maux naissent de sa sottise ;
Que la seule vertu pourrait les alléger,
Que tout autre moyen n'y saurait rien changer.
Enfin ces gens qu'on vit dans la presse naguères
Donner tant de conseils à tous les ministères ,
Dans de brillants discours harceler le pouvoir,
L'accabler sous les traits de leur vaste savoir,
Arrivés au pinacle on les voit bientôt faire
De tout ce qu'ils ont dit justement le contraire.
Ils gaspillent le temps, se montrent indiscrets ,
Lancent sans à-propos de dangereux décrets.
Au lieu de consulter au plus vite la France ,
Ce que leur commandait la plus simple prudence ,
Ils semblent regretter de quitter un pouvoir
Semé de mille écueils qu'ils ne savent point voir.
Des abus inconnus , une affreuse licence ,
Comme un feu dévorant envahissent la France.
Les journaux , mille écrits , prêchent tous les excès ;
A s'entre-déchirer tous les partis sont prêts...

Le peuple de nos champs, grâce à sou ignorance,
Heureusement échappe à cette effervescence.
C'est en vain qu'on l'appelle à mille changements,
Il garde ses instincts, ses goûts, ses sentiments.
Si l'erreur quelquefois vient tromper sa droiture,
Du moins il peut encore entendre la nature,
Se livrer aux transports, aux élans généreux,
En leur temps accomplir tous ces faits glorieux
Qu'on grave sur le bronze et dont l'éclat console
De tout ce que le monde a de faux, de frivole,

On se prépare enfin pour les élections,
Et l'on peut admirer combien d'ambitions,
De sottes vanités, jusqu'alors inconnues,
Dans ce triste moment se montrent toutes nues...
Chacun se croyait apte à rédiger des lois.
Parmi tant d'aspirants il fallut faire un choix.
Ce fut là le danger ; ceux qu'il fallut exclure,
Du mécontentement allèrent au murmure.
On recourut alors à plus d'un compromis ;
Il fallut bien compter avec les insoumis.
C'était le seul moyen que l'on eut de s'entendre ;
Chaque parti se vit obligé de le prendre.
On n'avait jamais vu de semblables débats.
Quand on eut arrêté les noms des candidats,

Ce fut un nouveau soin, une nouvelle intrigue;
Pour s'assurer les voix, on employa la brigue.
Les meneurs des partis, déployant leurs drapeaux,
Vont porter leurs exploits jusque dans les hameaux...

L'élection se fit. Impossible de rendre
Tout ce que dans ce jour on vit ou put entendre.
Ce fut, il faut le dire, un spectacle nouveau ;
Un peuple tout entier, qui se meut, fait tableau.
Le motif était beau, l'action grandiose ;
Assemblé pour ses droits, un tel peuple en impose.
On se peint la vertu, l'amour, le dévoûment,
Les droits et les devoirs; mais c'est là le roman,
La noble fiction; on n'y peut longtemps croire,
Trop tôt désenchanté par les faits de l'histoire...
Or, l'histoire est ceci : La sotte ambition,
La vanité, l'intrigue, et puis la trahison..

Ce fut un beau moment d'allégresse soudaine,
Celui qui réunit sur les bords de la Seine,
Sur les nobles dégrés du vieux palais Bourbon,
Les élus du scrutin, choix de la nation!
Emus et pénétrés de l'ivresse publique,
On les vit acclamer sept fois la république.
Le peuple se livrait aux élans généreux,
A l'espoir, au plaisir, il se trouvait heureux; -

Il oubliait alors sa peine et sa misère ;
Enfant, il souriait à sa douce chimère...
Ayez au moins pour lui le sentiment chrétien :
Un peu d'amour, ô grands, cela ne coûte rien !...

La chambre, cependant, offrait en son essence
Les mêmes éléments qui divisaient la France :
Quelques membres voulaient, esprits aventureux,
Courir les yeux fermés vers tous les rêves creux ;
D'autres entendaient bien retourner en arrière ;
Bon nombre se plaisaient au milieu de l'ornière ;
Quelques-uns néanmoins, dans la foule perdus,
Voulaient le droit, les mœurs, le règne des vertus.
Dans ces conditions, la chambre souveraine
Ne pouvait qu'augmenter les effets de la haîne
Qui déjà fermentait dans les rangs des partis
Et faisait présager les plus affreux conflits.

Le malheur de ce temps venait de l'ignorance
Où l'on était du bien ; de la prépondérance
Trop longtemps accordée au culte du veau-d'or ;
Et de ce que chacun, mécontent de son sort,
Dans son sein nourrissait le serpent de l'envie
Qui change en noirs chagrins tous les faits de la vie.

On recueillait les fruits du règne dissolvant
Qui voulut remplacer la vertu par l'argent ;

On recueillait les fruits d'une littérature
Qui, loin de s'inspirer des lois de la nature,
Des sentiments du cœur, ne sut que les flétrir,
Répandit parmi nous l'usage de mentir,
Et dans ses fictions fit un monde postiche
Où l'on flétrit le pauvre et couronne le riche.

Disons-le cependant, il est bien des vertus
Qui sans la pauvreté bientôt ne seraient plus :
Elle sait inspirer la sainte bienfaisance
D'où naissent les doux feux de la reconnaissance ;
La mère qui n'a rien est toute à ses enfants,
Son sein est un foyer des plus purs sentiments ;
L'indigence souvent malgré nous nous rend sages ;
Elle défend le cœur de tous les esclavages
Qui de près ou de loin suivent l'oisiveté ;
C'est le mal qu'il faut craindre et non la pauvreté.

Qu'on se figure un peu ce que serait la vie,
Si chacun agissait selon sa fantaisie :
Voyez-vous les humains, livrés aux sots désirs,
S'énerver par l'excès de tous les vains plaisirs ?
Nos champs ne seraient plus que des déserts en friche,
Les gens mourraient de faim, si chacun était riche ;
Et si, par impossible, ils pouvaient subsister,
Si la manne tombait pour les alimenter,

On les verrait alors dans une autre indigence,
Celle des sentiments et de l'intelligence.
Le mélange de bien, d'espoir, d'adversité,
Entretient de l'esprit la noble activité;
Les lettres et les arts, la tendre poésie,
Tirent leurs plus beaux traits de la mélancolie;
Nos chagrins, nos regrêts et même la douleur
Donnent à nos pensers leur plus belle couleur.
Qu'il est doux de calmer de cuisantes alarmes,
De voir briller l'espoir aux yeux mouillés de larmes!
Du passé de nos ans les plus doux souvenirs
N'ont jamais pour objet les décevants plaisirs,
Ni le rang, les grandeurs, ni les pompes mondaines;
Pour le cœur et l'esprit que ces choses sont vaines!

Si l'on observe bien les faits d'ordre moral,
On y trouve mêlés et le bien et le mal;
Et c'est absolument comme dans la nature,
Où le venin se peut trouver près d'une eau pure,
Où la rose fleurit non loin du froid poison,
Où l'on voit bien souvent, dans le même buisson,
Le pinson, le linot, le papillon agile,
Le scarabé, l'abeille et l'odieux reptile
S'ébattant la matin sous un tiède rayon;
De même la folie est près de la raison;

A côté de l'amour, douce fleur du jeune âge,
Se voit l'instinct grossier du laid libertinage;
Le sentiment d'honneur et la noble fierté
Ont pour ombre l'orgueil, la sotte vanité;
Les talents, les vertus et les arts nécessaires
Sont toujours ici-bas suivis de leurs contraires.

Tout est dans l'univers, il faut en convenir,
Tout s'y voit confondu, la peine et le plaisir.
De ces faits bien certains, de ces choses fatales,
Il est né cependant toutes nos lois morales,
Les préceptes du bien, les règles du bon goût,
La sagesse et les mœurs, et puis l'ordre, enfin tout,
Tout ce dont à bon droit l'homme se glorifie,
Sa raison, sa vertu, toute son industrie.
Le mal est que souvent l'homme ne comprend pas
Ce qui doit le guider dans sa marche ici-bas;
Il ne sait pas assez que ce qui l'intéresse,
Le bonheur qu'il voudrait, n'est que dans la sagesse,
Dans l'amour du prochain, la modération,
La justice et surtout dans la religion,
Ce flambeau qui toujours dans notre nuit rayonne
Et sait nous consoler quand tout nous abandonne.
Si l'homme méconnaît ces principes certains,
S'il se laisse entraîner à tous les plaisirs vains,

Si le vice surtout vient altérer son âme,
Si de l'ambition il n'évite la flamme,
Au lieu de ce bonheur, objet de ses efforts,
Qu'obtient-il à la fin ? le mépris, les remords !..

Que veulent donc ces gens qui prêchent l'opulence ?
Rend-elle à notre cœur sà première innocence ?
Rallume-t-elle en nous le feu des purs amours ?
La voit-on couronner de vertus nos vieux jours ?
Si tels sont ses bienfaits, que chacun le confesse !
Mais si, bien loin de là, nous voyons la richesse
Tromper notre raison, servir les vœux pervers,
Empoisonner les cœurs, corrompre l'univers,
Semer partout l'intrigue, et la haine et l'envie,
Détourner les humains des devoirs de la vie,
Créer mille besoins sans cesse renaissants
Et nous faire un enfer de désirs impuissants,
Si telle est en effet sa fatale influence,
Comment alors oser nous vanter l'opulence ?

La chambre, disons-nous, renfermait dans son sein
De nos dissensions le détesté levain.
Au lieu de ces transports d'un saint patriotisme,
Au lieu des sentiments qu'inspire le civisme,
Ses membres, rassurés de leurs folles terreurs,
Font entendre bientôt de coupables clameurs :

On outrage le peuple, on outrage la France,
Des hommes imprudents appellent la vengeance...
Cet appel insensé, le peuple l'entendit,
Et sur la France entière un crêpe s'étendit...

Sous les plis du manteau drapant la République,
La France découvrit un monstre famélique,
Le spectre ensanglanté des révolutions ;
Son beau front s'inclina, son cœur eut des frissons;
Elle se recueillit ; un symbole de gloire,
Un nom qui lui fut cher brilla dans sa mémoire.
De ses émotions la France se remit,
Car dans un temps prochain dès-lors elle entrevit,
Malgré ses maux cuisants, une époque meilleure ;
Désormais éclairée, elle attendit son heure...

Ne nous arrêtons point à ces jours de malheur.
Après le drame affreux surgit un dictateur.
Pendant qu'il exerçait son pouvoir éphémère,
Les partis, non vaincus, conspiraient sans mystère.
Tout était, disons-le, dans la confusion.
Enfin la chambre fit sa constitution.

Le pays, de nouveau, en tous les sens s'agite,
Comme s'il était pris d'une fièvre subite;
L'intrigue recommence et la cabale aussi,
Pour cette fois du moins sans succès, dieu merci!

Au-dessus des partis, paraît enfin la France ;
Sa noble volonté fait pencher la balance
Vers le droit, la raison ; et cet heureux essor,
Qui montre sa puissance, assure aussi son sort.
Aux fureurs des partis, aux clameurs, aux outrages,
Le pays opposa six millions de suffrages !
Ce vote tout d'amour était sans précédent ;
Il nous donna la paix avec un président.

Trois ans d'un vrai progrès prouvèrent à la France
Qu'elle avait bien placé ses vœux, son espérance.
Mais ce pouvoir aimé bientôt allait finir ;
Le désordre attendait ce moment pour surgir.
Déjà l'on pouvait voir de sinistres présages :
Des défis insensés marquaient toutes les pages
Des journaux, des pamphlets et de milliers d'écrits ;
Une date indiquait les plus affreux conflits.
Une chambre nouvelle, à l'honneur étrangère,
Et plus mauvaise encor que ne fut la première,
Avilissant la France aux yeux des étrangers,
N'était pas du présent l'un des moindres dangers.
Il fallait à tout prix sortir de cette impasse ;
L'intérêt du pays, devant qui tout s'efface,
L'exigeait avant tout, en faisait un devoir
Absolu, rigoureux, pour le chef du pouvoir.

Hésiter un moment, c'était perdre la France,
La livrer au désordre, à l'esprit de vengeance,
Aux hasards, aux partis. Le récent attentat
Du corps législatif hâta le coup-d'état...

Le pays applaudit à cet acte énergique
Qui vengeait la raison, les lois, la république
D'un sénat qu'on eut pris pour le plus ennuyeux
S'il ne se fut montré sous des traits odieux,
Si de la France il n'eut, par ses sourdes menées,
Par tous ses attentats, trahi les destinées.

Le pays était las du régime incertain
Qu'il pouvait voir changer du soir au lendemain;
Il était las surtout de ces législatures,
Qui, se laissant aller aux plus folles mesures,
Ebranlent sans profit les bases des états,
S'usent sans rien fonder en d'irritants débats;
Il était las enfin de ce dévergondage
Et de tous ces excès de presse et de langage
Qui détournent l'esprit de toute vérité,
Eteignent dans les cœurs toute sincérité.
Enfin sur ses destins la France consultée,
Fidèle au sentiment qui l'avait exaltée,
Déclara le front haut, par dix millions de voix,
Qu'elle voulait l'empire et le règne des lois!

Le pays s'affranchit par ce vote unanime
Des partis qui creusaient sous ses pas un abîme.
L'empire lui rendit, avec son unité,
La force, la grandeur et la sécurité.
Le peuple, dans son choix, fut guidé par la gloire
D'un nom qu'il conservait toujours dans sa mémoire;
Car il n'est pas ingrat, il sait se souvenir,
Vers tout ce qui fut grand il tend à revenir;
Et c'est là, disons-le, la loi conservatrice
Que Dieu toujours oppose à l'esprit de malice,
Aux brouillons, aux rhéteurs, aux avocats, aux sots,
A tous les faux savants, inventeurs de grands mots,
Aux charlatants enfin dont tout pays abonde
Et qui partout, toujours, troublent la paix du monde.

Tel qu'après la tempête on aperçoit souvent
Un soleil radieux briller au firmament,
Réchauffant les moissons, inondant de lumière
Les lieux que les autans ont attristés naguère,
De même on vit soudain le doux flambeau des lois
Briller dans nos cités si longtemps aux abois,
Les bienfaits de la paix succéder aux alarmes,
La main de l'espérance essuyer bien des larmes...

Tout était, on le sait, dans la confusion :
L'empereur rétablit d'abord l'instruction

Qui de l'esprit du mal avait subi l'injure ;
Il rendit son éclat à la magistrature ;
L'administration à-vau-l'eau s'en allait ;
Il imprima la vie à ce corps qui mourait ;
Il rétablit aussi l'ordre dans les finances,
Et du peuple voulant arrêter les souffrances,
Il fit partout ouvrir d'innombrables travaux :
Ici l'on creuse un port, on construit des vaissaux ;
Ailleurs on fait des ponts, on perce des montagnes,
Mille chemins ferrés sillonnent nos campagnes ;
On reconstruit Paris ; c'est un enchantement,
Et l'on ne vit jamais un pareil mouvement ;
Tout ce qui fut rêvé, jugé beau, grand, utile,
Sous sa puissante main est devenu facile ;
Il fait plus en un an, que dis-je, en quelques mois,
Qu'en son règne ne fit le plus grand de nos rois.

Le commerce et les arts, une utile industrie,
Font naître l'abondance au sein de la patrie.
De l'ordre et du travail on bénit le retour ;
Pour l'auteur de ces biens on redouble d'amour.
De nos dissensions le souvenir s'efface ;
Tout naturellement la France se replace
Au rang qui lui convient parmi les nations :
Le temps n'est plus pour elle aux lâches abandons ;

Elle peut parler haut, car elle est grande et forte,
Et le fit bientôt voir en défendant la Porte
Contre l'agression du colosse du nord.
Celui-ci fut vaincu par le sublime effort,
Par l'élan généreux de notre belle armée :
Elle étonne le monde aux champs de la Crimée,
Et par tous ses exploits prouve une fois de plus
Que rien n'est comparable à ses mâles vertus.

Et quand l'Autrichien, plus tard, eut la folie
De tenter d'asservir notre sœur l'Italie,
Transportés d'héroïsme on vit nos bataillons,
Franchissant à la hâte et la mer et les monts,
Courir comme un torrent vers d'affreuses redoutes,
Malgré le feu, le fer, bientôt les franchir toutes,
Atteindre l'ennemi, le prendre corps à corps,
Et puis le terrasser au milieu de ses forts...

Chaque jour nos soldats se couronnent de gloire;
Chaque jour est marqué, pour eux, par la victoire :
Ils vont toujours vainqueurs depuis Montébello,
Illustrant Magenta, jusqu'à Solférino.
Cependant l'ennemi, que la défaite indigne,
Avait mis ce jour-là ses réserves en ligne;
Il voulait se venger, il voulait à tout prix
Obtenir un succès par le nombre surpris.

Qu'il en va coûter cher à ces gens d'oser croire
Qu'on puisse à des Français disputer la victoire !

Tous les lieux d'alentour d'hommes étaient couverts ;
Les vallons, les côteaux, au lieu des bosquets verts,
Ne laissaient entrevoir que les masses mouvantes
Des nombreux régiments aux armes éclatantes.
L'air était agité par le bruit des clairons,
Et la terre tremblait ; bientôt les escadrons
Des partis opposés s'attaquent en furie ;
Le tambour bat la charge, on voit l'infanterie
S'élancer sous le feu d'innombrables canons
Vomissant la mitraille au sein des bataillons,
Et les hommes tomber, à chaque éclair qui brille,
Comme les blonds épis tombent sous la faucille.
Le sentiment guerrier qui subjugue les cœurs
Leur déguise l'aspect de toutes ces horreurs,
Et bientôt la vapeur des canons émanée
Dérobe à tous les yeux la bataille acharnée.

L'empereur était là, calme et grand, attentif
A tirer du combat un succès décisif :
Il commande l'armée en ce jour mémorable,
Il inspecte ses rangs, il est infatigable ;
De son artillerie il dirige le tir ;
Au plus fort de la lutte on le voit accourir.

D

Il semble mépriser la mort qui l'environne ,
Et quand ses généraux tremblent pour sa personne ,
Il se fait comme un jeu d'affronter le danger ;
C'est que son noble cœur, à la crainte étranger,
Comprend ce que son nom d'héroïsme réclame ,
Et qu'un sublime orgueil vient pénétrer son âme
En voyant la valeur de ses nombreux guerriers
Dont il veut avant tout assurer les lauriers.

L'ennemi tint longtemps, mais il perdit sa peine ;
Sa valeur, il en eut, contre nous fut bien vaine.
Profitant d'un orage impétueux qu'il fit
Et de l'obscurité qui bientôt le suivit ,
Il put furtivement opérer sa retraite ,
Evitant par là seul une entière défaite.

Mais quand le lendemain , aux premiers feux du jour,
L'empereur parcourut tous les lieux d'alentour,
Qu'il vit briller au loin comme une neige humaine
De ces bons Allemands aux habits blancs de laine ;
Quand il vit sous ses pas, au revers des côteaux,
Les morts et les blessés gisant là par monceaux ,
Et les fils de son cœur, ces généreux Zouaves,
La fleur de nos héros, braves parmi les braves,
Etendus dans leur sang et vaincus par la mort,
Son sein fut agité d'un douloureux transport :

Puisse tant de vertu , dit-il , être féconde ,
Et tout ce sang versé fonder la paix du monde !
Puis , n'y pouvant tenir, il détourna les yeux
Du spectacle navrant que présentaient ces lieux.

Deux à trois jours après il signa l'armistice ;
Et quoique la victoire , à nos armes propice ,
Promit à sa valeur un triomphe plus grand ,
Désirant arrêter l'effusiou du sang
Qui toujours révolta son âme généreuse ,
Il conclut une paix d'ailleurs avantageuse ,
Qui satisfit aux vœux des populations
Et rassura les rois sur ses intentions.

De retour à Paris , au sein de cette France
Dont il vient d'augmenter la gloire et la puissance ,
Au milieu des transports d'allégresse et d'amour
Que sa présence inspire au peuple chaque jour ,
Heureux et pénétré de l'ivresse publique ,
L'empereur accomplit un acte magnifique ,
Digne de son beau nom autant que de son cœur
Et qui fut accueilli partout avec bonheur.
D'un règne paternel ce fut la garantie ;
Cet acte généreux s'appela l'amnistie !

La France vit dès-lors se déployer le coûrs
De son état prospère et de ses plus beaux jours.

Nulle époque en effet n'offre dans son histoire
Un tel degré de biens, de puissance et de gloire :
Sa bonne renommée occupe l'univers ;
De ses nombreux vaisseaux elle couvre les mers ;
Depuis qu'on connait mieux son noble caractère,
Les peuples ont pour elle une amitié sincère ;
La concorde et la paix règnent dans tous les cœurs ;
Le jeu de sages lois vient corriger des mœurs
Qu'à bon droit l'on pouvait appeler trop légères ;
Le peuple retrouva les vertus de ses pères,
L'antique bonne foi, la douce piété,
La naïve candeur et la sobriété,
Ces vertus que prescrit sans cesse la nature
Et qui sont du bonheur la source la plus pure.

Qui donc sut obtenir un si beau résultat,
Et releva si haut le drapeau de l'état ?
Aux jours calamiteux put d'une main propice
Retirer ce pays du fond d'un précipice ?
Qui donc par son génie et son constant effort
Fit d'un peuple égaré le peuple le plus fort ?
Lui fit voir le néant de ses folles chimères
Et sut lui faire aimer les vertus de ses pères ?
De la Postérité j'interroge la voix :
Ce régénérateur fut Napoléon trois !

Il fut de tous les rois le plus grand , le plus juste;
C'est ainsi qu'il fonda sa dynastie auguste
Sur un droit éternel et des principes vrais,
Sur la reconnaissance et l'amour des Français !

Ploërmel, 1er janvier 1860.

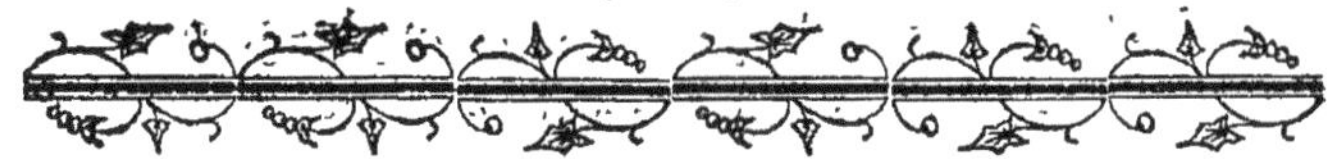

MES DERNIÈRES POÉSIES.

ROMANCE D'ÉMILIE,

Tirée de mon roman manuscrit intitulé STANISLAS.

Oui, ma douleur est sans remède ;
J'ai perdu celui que j'aimais...
Son souvenir toujours m'obsède,
Ne pourrai l'oublier jamais !

Je l'aimais autant que ma mère,
Et lui m'aimait comme sa sœur...
Bientôt il me fut plus qu'un frère,
Sans retour lui donnai mon cœur !

Mais une autre lui devint chère ;
Auprès d'elle il passait ses jours...
Moi je pleurais loin de ma mère
Celui que dois pleurer toujours !

Puisque mes maux sont sans remède,
Que rien ne peut les adoucir ;
Toi de qui tout amour procède,
Dieu, par pitié, fais-moi mourir !

LA SOURCE,

Petite source du rocher
Dont l'onde en s'échappant murmure,
Près de ton cours je viens chercher
La douce paix de la nature.
Ne fuyez point, tendres oiseaux,
Restez, restez dans ce bocage ;
Ah! que vos airs, simples et beaux,
Me font entendre un saint langage!
Vous seuls savez avec vos chants
Honorer la force divine
Qui dans chaque objet se devine
Et qu'outragent tous les méchants.

Petite source si limpide
Qui te dérobes sous les fleurs,
Tu me peins la beauté timide
Voilant ses attraits enchanteurs ;
Mais tes eaux portant l'abondance
Au sein des prés que mon œil suit
Peignent aussi la bienfaisance
Du sage que son cœur conduit ;

Et ta voix, charmante fontaine,
Ton murmure à peine entendu,
Redit tout bas la plainte vaine
D'un enfant qui pleure éperdu,
Redemandant aux cieux sa mère,
La cherchant dans son désespoir
Et livrant au souffle du soir
L'expression de sa misère.

Jadis sur tes bords sinueux
Qu'embellit la douce verdure,
Plus d'un amant de la nature,
Poète aux accents généreux,
Est venu promener sa lyre,
S'inspirant à l'ombre des bois,
Et dans un amoureux délire
Du beau nous dévoilant les lois.
Nul ne vient plus sur ce rivage
Des dieux révéler le langage
Et d'amour enflammer nos cœurs ;
Car les temps sont gros de malheurs,
Et la divine poésie,
Fuyant la discorde et son fiel,
Et la haine et la jalousie,
Plaintive est retournée au ciel.

Ah! que ne puis-je loin du monde,
Petite source, sur tes bords,
Couler dans une paix profonde
Des jours exempts de tous remords!
Mais des devoirs la servitude
M'éloigne de la solitude
Qui fut l'objet de tous mes vœux.
Pas plus que toi, pure fontaine,
Que ta pente toujours entraîne,
Nul de nous n'a le choix des lieux ;
Et tous, dans notre marche errante,
Nous suivons aussi notre pente.

FLEURS DES CHAMPS.

Aimables filles du printemps,
Emblêmes saints de l'innocence,
Ravissantes fleurs de nos champs,
Vous me rendez à l'espérance :
Vous rappelez les jours heureux,
Les traits charmants de la jeunesse,
Les rêves d'or, les nobles vœux,
Tout ce qu'inspire la tendresse ;
Vous portez le cœur au pardon,
A l'oubli des torts, de l'injure,
Et dans ce touchant abandon,
L'on sent que notre âme est plus pure.
Qui donc créa vos traits divins,
Vous donna ces couleurs vermeilles?
Celui qui répand de ses mains
Partout la vie et les merveilles ;
Celui qui peut tarir nos pleurs,
De qui le beau toujours procède,
Et dont l'amour est le remède
De nos maux et de nos douleurs.

SOUVENIRS.

Où sont tous les pensers de mon adolescence ?
Où sont ces jours si beaux qu'éclaira l'espérance?
J'avais foi dans l'amour, mon cœur en était plein,
Le plaisir, le bonheur débordaient de mon sein.
J'aimais également les splendeurs de l'aurore
Et la pourpre du soir dont le ciel se colore ;
J'aimais l'éclat du jour, le calme de la nuit,
L'air pur et parfumé, le vent, l'éclair qui luit ;
J'aimais tout sous le ciel, et l'onde qui murmure,
Et les fleurs de nos champs, et des bois la verdure ;
La source du rocher fécondant les vallons,
Et l'écho qui redit de naïves chansons.
J'aimais aussi les jeux, les danses du village,
Les airs de nos hautbois vibrant sous le feuillage,
Le spectacle touchant des rustiques travaux,
Le pittoresque aspect des paisibles troupeaux.
Oh ! que le temps alors, à mes vœux favorable,
Versait en moi d'espoir et de joie ineffable !
Chaque saison m'offrait son tribut de plaisirs,
Le doux printemps les fleurs, les parfums, les zéphirs.

Les gazons émaillés, les beaux cieux sans nuages,
Et le chant des oiseaux au sein de nos bocages.
L'été venait ensuite, et ses dons précieux
Des plaisirs du printemps me rendaient oublieux.
Rien négale l'éclat de ses moissons dorées,
Rien ne plaît tant au cœur que ses belles soirées.
Par les rayons puissants de l'astre qui nous rit,
Tout sous le vaste ciel s'anime et resplendit;
Mille bruits, mille voix, dans un concert immense,
Célèbrent de l'Esprit la gloire et la puissance.
L'automne est favorable aux douces visions,
Aux sentiments rêveurs, aux méditations.
Qu'ils sont beaux les taillis, les grands bois du rivage,
Quand l'or et le carmin nuancent leur feuillage!
Si le ciel est moins pur et souvent nébuleux,
Si l'horison lointain se montre vaporeux,
Si par fois l'ouragan dans l'air mugit et tonne,
Que de beaux jours encor cette saison nous donne!
L'hiver n'est pas non plus privé de tout attrait;
Ses plus grandes rigueurs ont leur côté qui plaît.
On aime des torrents la voix retentissante,
On aime à voir tomber cette neige éclatante
Qui s'étendant au loin, sur le flanc des côteaux,
Présente à nos regards les aspects les plus beaux.

Ainsi tout nous séduit, nous plaît dans la nature;
Elle est de nos plaisirs la source la plus pure.

Mais pour savoir goûter de ses biens la douceur,
Il faut garder en soi l'innocence du cœur.
Quand du monde on connaît la profonde malice,
Quand on a vu les maux qu'entraîne l'injustice,
Quand le spectacle affreux de la perversité,
De l'égoïsme froid, de la duplicité,
A frappé notre esprit, a contristé notre âme,
Des rêves enchanteurs on voit finir la trame;
Tout s'attriste à nos yeux, et ce bel univers
Ne nous inspire plus que des pensers amers.

L'HIVER.

L'on ne voit plus pendre aux rameaux
Des feuilles la fraîche couronne ;
- L'on cherche en vain près des ruisseaux
Les fleurs que le soleil nous donne.
L'air est humide et le ciel gris ;
L'herbe des champs est sans verdure,
Et le vent tristement murmure
Au sein de nos bosquets flétris.

Voici l'hiver au front sévère,
Escorté des sombres autants,
Du froid, du deuil, de la misère,
Des longues nuits et des tourments.
J'aime ce temps plein de tristesse ;
Je le préfère aux vains plaisirs :
L'hiver est comme la vieillesse
Favorable à nos souvenirs.

Et puis ses rigueurs passagères
Éloquemment parlent au cœur :
L'on se souvient qu'on a des frères,
Quand on éprouve la douleur.
Qui pourrait voir la tendre enfance
Près de son seuil tendre la main,
Ou le vieillard, dans l'indigence,
Trembler de froid sur le chemin,
Sans éprouver l'élan sublime
Qui naît de la fraternité,
Sans entendre la voix intime
Qui commande la charité?

Au front des monts l'orage gronde,
L'air est glacé, la nuit profonde,
Nul astre ne se montre aux cieux;
L'avalanche des hautes cîmes,
En s'engouffrant dans les abîmes,
Produit un craquement affreux.
Un voyageur, dans la tourmente,
Saisi d'effroi, maudit son sort;
Déjà sa marche est chancelante,
Il n'entrevoit plus que la mort.
Adieu, dit-il, femme chérie,
Tendres enfants, tout mon espoir,

Adieu ma mère, adieu patrie,
Je ne dois plus jamais vous voir!
A la souffrance je succombe,
Tous mes efforts pour fuir sont vains;
Adieu, je vais trouver ma tombe,
Au fond de ces sombres ravins!...
Pourtant du sein d'une chaumière.
Son cri d'alarme est entendu;
Il entrevoit de la lumière,
A l'espérance il est rendu.
Un homme à la marche hardie,
Audacieux autant que fort,
Vient saisir sa main engourdie
Et le conduit tout droit au port.
Des soins dissipent sa faiblesse;
Il ne songe à tous ses dangers,
Que pour bénir les étrangers
Qui lui prodiguent leur tendresse.
Il attend sans crainte le jour
Près de l'âtre où le feu pétille,
Et quand il songe à sa famille,
On voit de son regard qui brille
S'échapper des torrents d'amour.

Sans les maux que tant on redoute,
L'homme n'aurait aucun plaisir;

Il suivrait tristement sa route
Sans éprouver même un désir,
Se consumant dans la mollesse,
En proie aux préjugés menteurs,
Sans nul savoir et sans sagesse,
Cédant aux vices séducteurs ;
L'on verrait s'éteindre en son âme
Des sentiments le saint flambeau,
Et dès-lors l'égoïsme infâme
Changer son cœur en froid tombeau.
Ainsi les maux sont nécessaires,
La vertu naît de leur concours ;
Mais les hommes sont solidaires,
Et tous se doivent des secours.

F

LA PAUVRE MÈRE.

Élégie.

L'ÉTRANGER.

Que faites-vous sur le bord du chemin
Longtemps après l'heure de la prière?
Mais des soupirs oppressent votre sein,
Je vois des pleurs mouiller votre paupière
Et la douleur empreinte sur vos traits.
L'on dit qu'aux champs le bonheur est facile,
Que là nos jours ont un cours plus tranquille,
Sous un ciel pur et les ombrages frais.
Et cependant vous pleurez, pauvre femme;
Dans vos regards je vois briller la flamme
Du désespoir qui brûle votre cœur.
Ah! si vos maux sont de ceux qu'on répare,
Si vous souffrez de la fortune avare,
Si l'abandon fait tout votre malheur,

Parlez sans crainte, ô femme infortunée,
Je puis changer pour vous la destinée :
Prenez cet or, que vos vœux soient remplis!
En vous donnant, les miens sont accomplis.

LA FEMME.

Je vous bénis, mais gardez ces richesses;
Vous trouverez, généreux étranger,
Dans ce canton bien des maux, des détresses,
Qu'avec cet or vous pourrez soulager.
Pour moi les biens ne sont que chose vaine;
Mon cœur ne sut jamais les estimer;
S'il se pouvait, ils doubleraient la peine,
Le noir chagrin qui doit me consumer.

L'ÉTRANGER.

Vous refusez ce que chacun envie;
Vos sentiments sont ceux d'un noble cœur;
Eh bien! je veux vous consacrer ma vie,
Être pour vous ce qu'on est à sa sœur;

J'allégerai le poids qui vous accable,
En supportant de vos maux la moitié;
J'aurai pour vous, ô femme respectable,
Les soins constants qu'ordonne l'amitié.

LA FEMME.

Je vous bénis, votre âme est généreuse,
Mais je ne peux accepter vos secours;
Je dois souffrir et rester malheureuse...
Priez le ciel qu'il abrège mes jours!
Je ne dois plus éprouver dans ce monde
Que le regret, le plus cuisant des maux;
Je me débats dans une nuit profonde,
Tout mon espoir est au fond des tombeaux...
Qu'ils étaient doux, les fruits de ma tendresse!
Qu'elle était pure, et sainte, leur jeunesse!
Quels flots d'amour ils versaient dans mon cœur!
A quels transports je me livrais, Seigneur!
Je les perdis, ils sont là sous la pierre,
Et moi, je vais les pleurant sur la terre...
Noble étranger, laissez-moi ma douleur!

L'ÉTRANGER.

Je le comprends, le bonheur a son ombre;
Le plus beau jour finit dans la nuit sombre...

Le cœur aimant , qui seul sait être heureux ,
Est plus sensible aux coups d'un sort affreux.
Je le vois bien , tout ici se compense...
Mais les vertus auront leur récompense.
Il faut combattre et savoir espérer :
Ce que Dieu fit , il peut le réparer,
Le rétablir au moins dans l'autre monde ;
De mon esprit telle est la foi profonde.

A ARMÉLINE.

Le bluet que le zéphir penche
Au sein de nos épis dorés,
La mélancolique pervenche,
Le myosotis de nos prés,
Oui, toutes les fleurs ensemble
N'égalent point ton doux attrait;
Et cependant ta beauté semble
Du Ciel le moindre bienfait.
Jeune fille, que l'innocence
Habite longtemps en ton cœur!
Ah! de l'amour crains la puissance,
Rejette son charme trompeur;
Garde-ta vertu sans mélange,
Et sois toujours pour nous un ange
De bonté, de candeur!

L'ÉTANG AU DUC,

près de Ploërmel.

Que j'aime errer, seul, en silence,
Le soir, sur tes bords sinueux,
O bel étang, miroir immense,
Qui réfléchis l'azur des cieux!
Que j'aime à voir la face unie
Et le pur éclat de tes eaux,
Et les grands traits pleins d'harmonie
Qu'y produit l'ombre des côteaux!
Que j'aime encor ton bleu rivage
Qu'on aperçoit dans le lointain,
Ces frais gazons, ce vert feuillage,
Tous ces accidents de terrain,
Et ces bosquets au doux ombrage
Qui se réflètent dans ton sein!

Ici librement je respire,
Rien d'impur n'offusque mes yeux,
Mon esprit s'élève et s'inspire
A l'aspect de ce site heureux;

Ici pour un moment j'oublie
Le monde et tous ses vains débats,
Des gens l'orgueilleuse folie,
L'ambition, les attentats;
Ici j'entends une voix pure
Que je me plais à cultiver,
Qui m'initie à la nature
Et doucement me fait rêver...

Oh! que ces entretiens intimes
Ont une indicible douceur!
Que d'élans généreux, sublimes,
Ils font surgir au fond du cœur!
Charme saint que je viens connaître
Ou plutôt goûter en ce lieu,
Ce n'est pas lui qui te fait naître,
Car, je le sens, tu naîs de Dieu;
Tu naîs de la source féconde,
Fleuve d'amour, de vérité,
Qui des bords de l'éternité
Épand la vie au sein du monde!

Ploërmel, imp. de Du Gravier.

www.ingramcontent.com/pod-product-compliance
Ingram Content Group UK Ltd.
Pitfield, Milton Keynes, MK11 3LW, UK
UKHW021701130726
13696UKWH00004B/1614